Cuando fuimos tortugas

MAR BENEGAS

Cuando fuimos tortugas

NUBE **DE TINTA**

Papel certificado por el Forest Stewardship Council®

Primera edición: abril de 2025

© 2025, Mar Benegas
© 2025, Penguin Random House Grupo Editorial, S. A. U.
Travessera de Gràcia, 47-49. 08021 Barcelona
© 2025, Alicia Varela Cano, por las ilustraciones de las páginas 68, 83 y 107
© 2025, Penguin Random House Grupo Editorial/Nuria Fernández Mateos, por las ilustraciones
de las páginas 31, 66, 71, 75, 77, 80, 82, 86, 87, 88, 89, 90, 92, 97, 100 y 102
© 2025, Penguin Random House Grupo Editorial/Ana Montero, por la ilustración de las guardas
Todas las fotografías y recursos son de iStock.

Penguin Random House Grupo Editorial apoya la protección de la propiedad intelectual. La propiedad intelectual estimula la creatividad, defiende la diversidad en el ámbito de las ideas y el conocimiento, promueve la libre expresión y favorece una cultura viva. Gracias por comprar una edición autorizada de este libro y por respetar las leyes de propiedad intelectual al no reproducir ni distribuir ninguna parte de esta obra por ningún medio sin permiso. Al hacerlo está respaldando a los autores y permitiendo que PRHGE continúe publicando libros para todos los lectores. De conformidad con lo dispuesto en el artículo 67.3 del Real Decreto Ley 24/2021, de 2 de noviembre, PRHGE se reserva expresamente los derechos de reproducción y de uso de esta obra y de todos sus elementos mediante medios de lectura mecánica y otros medios adecuados a tal fin. Diríjase a CEDRO (Centro Español de Derechos Reprográficos, http://www.cedro.org) si necesita reproducir algún fragmento de esta obra.
En caso de necesidad, contacte con: seguridadproductos@penguinrandomhouse.com

Printed in Spain – Impreso en España

ISBN: 978-84-19514-55-4
Depósito legal: B-2.568-2025

Compuesto en Grafime S. L.

Impreso en Rotoprint by Domingo SL
Castellar del Vallès (Barcelona)

NT 14554

*Para L y S, que sin saberlo me inspiraron para amar
a las tortugas y para escribir este libro*

*Y para N, que hizo de camino y de nido
para que pudiera suceder*

JUNIO

28 de junio

Hola, Diario:

Hoy empiezo a escribirte.

Me ha dicho Sonia que primero tengo que saludarte. Ella te me ha regalado... ¿Cómo se diría, «me te ha regalado» o «te me ha regalado a mí»? Uf. Qué lío.

En fin, Diario, que eres un regalo de Sonia. Me ha dicho que tengo que poner la fecha y saludar.

Que escribir es bueno para que exprese todo lo que yo quiera. Que no hay límite. Y que luego podré releerte y veré cómo estaba. Que eres algo mío, solo para mí.

Y que me ayudará a hacer cosas sin Ana. Ana es mi hermana.

Eso sí que es una tontería. ¡No queremos hacer cosas separados! Es mi hermana melliza y siempre siempre siempre estaremos juntos. Nunca nos abandonaremos.

En fin, empiezo. Que no sé bien qué escribirte, Diario.

¿Que estamos de vacaciones? Qué guay. Sí, las largas, las vacaciones de verano.

Y que tengo nueve años y que mi hermana y yo hemos decidido escribir un diario, uno cada uno.

Bueno, la verdad es que la idea no ha sido nuestra.

Ya sabes que ha sido de Sonia, ella nos ha dicho que sería guay.

Y nos los dio... Te dio... Nos te nos los dio... ¡Qué lío! Bueno, uno para mi hermana y uno para mí.

Por esto te estoy escribiendo.

Como mañana voy a verla, he empezado hoy, para que no se sienta mal.

Le diré que es un rollo, que no me gusta. A mi hermana sí que le gusta, lleva una semana con su diario.

Y no para de escribir cosas. Tonterías, en realidad. Lo sé porque luego me las lee todas.

No entiendo mucho esto de escribir un diario.

Ahora que no tengo deberes ni exámenes. Que puedo salir a buscar cangrejos o pescar a la playa.

¿Escribir? Venga, Sonia, no flipes.

Me largo, ya me he cansado. Adiós.

29 de junio

Hola, aquí estoy otra vez.

Hoy he ido a ver a Sonia. Mi hermana y yo vamos a verla una vez a la semana.

Es maja, en realidad. Vamos por separado.

Y luego nos lo contamos todo. Es el trato.

Somos mellizos. Eso ya te lo había dicho, para que no te olvides.

No somos idénticos, pero la gente nos confunde. Eso es divertido, a veces.

Llevamos el mismo pelo. «Ni largo ni corto», le dice mi madre a la peluquera cuando vamos.

Y la peluquera la entiende. Como la pizca de sal que se echa a la comida o dejarla en el fuego «hasta que esté hecha».

No te lo he dicho, pero me encanta cocinar y estoy aprendiendo.

A mi hermana y a mí nos gusta contárnoslo todo y estar juntos.

A veces nos peleamos con la gente. Pero nunca entre nosotros. Es el trato.

Dicen que es raro, que no nos peleemos como «buenos hermanos».

A mí no me lo parece. Y a veces sí nos peleamos, pero poco.

En general, la gente es bastante idiota. Mi hermana no lo es.

Total, que a Sonia le ha dado por ahí.

Que es bueno expresarse sin miedo. Un diario es genial para eso, nos dijo. Blablablá.

«Para que podáis expresar todo lo que sentís». Blablablá. En fin.

Ya he escrito muchísimo y me duele la mano.

Adiós.

30 de junio

Hola, Diario:
La verdad es que hoy no sé qué poner aquí.
Sonia es maja, pero un poco pesada. Ayer estuvimos hablando de los abuelos.
Sigue siendo verano y estamos de vacaciones.
Eso mola.
Bueno, no tanto si tienes que escribir un diario.
Perder el tiempo aquí, pensando qué escribir. No es por ti, Diario. No es nada personal, en serio.
La verdad es que Sonia me cae bien, por eso a veces le hago caso.
Y ayer me dijo que es bueno para nosotros hacer cosas por separado.
Tener un poco de intimidad.
Yo no le conté que luego nos leemos lo que hemos escrito, no quiero hacerla sufrir, ¿para qué?
La verdad es que tengo muchas ganas de ir a ver a los abuelos.
Me voy a jugar, que estoy harto de ti, Diario. Pero no es nada personal, es que no me gusta escribir.
Cambio y corto. Adiós.

JULIO

1 de julio

Hola, Diario:

Me estoy acordando de las hogueras que hago con el abuelo. Y de los huevos de Lupita.

Menos mal que ya queda menos.

Como ya no hay cole, vamos a ir a verlos, aunque ya te lo había dicho, creo. Nos quedaremos con ellos unos días, un montón. Casi un mes, en su casa. Cuento los días que faltan para ir.

Nos vamos a finales de julio. Falta mucho todavía.

Allí el tiempo va más rápido. Y todo está más rico. Y es más divertido vivir, así, en general.

¿Cómo estará mi gallina Lupita? ¿Te he dicho que tengo una gallina?

Dice mi abuelo que da los mejores huevos del mundo. Yo me lo creo. Aunque a mi hermana le dice que los de Ernestina son los mejores. A veces pienso que el abuelo nos dice eso para hacernos felices. Eso no es una mentira, ¿verdad? ¿O tal vez sí? No creo que se pueda identificar quién puso los huevos, porque ellas ponen donde les da la gana, son gallinas libertarias, según dice mi abuelo. Solo las encierran para dormir. Por si los gatos, los zorros y las comadrejas. Ah, y los aguiluchos.

La gallina de mi hermana se llama Ernestina.

A Lupita le gusta comer sandía y gambas. A veces se pelean, sobre todo por las cabezas de las gambas. Una batalla de gallinas es épica. No se hacen daño. Solamente se roban las gambas. Mi hermana y yo nos enfadamos con ellas. Mi abuelo se muere de la risa cuando las ve corriendo con la gamba en el pico. Es como en los dibujos animados.

Desde hace unos años, vemos a los abuelos casi todos los días.

Pero no es lo mismo que ir a visitarlos, porque los vemos por la pantalla.

Se apuntaron a la universidad de abuelos y les enseñaron a usar el ordenador y las videollamadas.

Menos mal, porque luego vino una pandemia y, uf, qué rollo. Todos encerrados. Nos «confitaron», que decía el abuelo. Y no los vimos durante casi un año, eso fue duro.

Bueno, creo que he escrito DEMASIADO. No te acostumbres, Diario.

Me duele la mano de tanto escribir.

Adiós.

3 de julio

Hola, el otro día escribí demasiado. Todavía me duelen los dedos.

Tampoco sé qué decir.

Pero mañana voy a ver a Sonia y, bueno, por escribir algo aquí.

El mar estaba fresquito y hemos visto varios peces.

Y cangrejos, como siempre, en las rocas. Los hay a montones.

Ah, esto es importante: a mi hermana y a mí se nos mueven dos dientes.

Ayer nos enfadamos un poco, ella decía que su diente se le mueve más.

A veces me da miedo que mi hermana se convierta en imbécil, como el resto de la gente.

Pero enseguida se me pasa, porque hacemos las paces.

Lo malo es tener que compartir todo con ella, hasta al Ratoncito Pérez.

Lo bueno es poder compartir todo con ella. Es raro, sí. Como la vida, dice mi madre.

A mi hermana se le da bien el ajedrez. Cuando me gana, me da repelús, pero también pienso: «Es buena, la tía».

Y correr. Se le da genial correr.

Corre más que una gaviota hambrienta.

Esto a veces mola, por ejemplo, si hay que atrapar a alguien.

Y a veces es un asco. No hay manera de pillarla jugando a pillapilla.

Ya está bien, que me duelen los dedos otra vez, de tanto escribir.

Hasta luego, cocodrilo.

Adiós.

9 de julio

Hola:

Lo sé. Parece que solo escribo el día antes de ir a ver a Sonia.

Tienes razón, Diario, es verdad. Pero es que ayer vimos un documental.

Y llevo dándole vueltas a la cosa desde entonces.

Venga dar vueltas, sin parar, como una lavadora de pensamientos.

Creo que sí, descubrí algo importante.

Ahí va, te lo cuento:

Hace mucho tiempo, antes de ser una persona, yo era una tortuga.

Parece increíble, pero así es. Aunque no lo recuerdo del todo, lo sé, estoy seguro.

Bueno, lo recuerdo como esos sueños raros.

Esos sueños que sueñas y luego no te acuerdas, pero sabes que lo has soñado. Pues así.

Y, de pronto, algo sucede y dices: «¡Esto lo he soñado yo!».

Eso me pasó ayer. Estábamos en el sofá, tranquilos, viendo un documental de tortugas.

Y... ¡zas!, ahí me di cuenta y pensé: «¡Eso me ha pasado a mí!».

Y lo supe: ¡FUIMOS TORTUGAS!

Mañana se lo contaré a Sonia, a ver qué le parece.

Mis padres se quedaron un poco flipados, pero creo que lo entendieron.

No me dijeron nada, solo asintieron con la cabeza.

Pero yo, cuanto más lo pienso, más claro lo tengo: mi hermana y yo fuimos tortugas.

Hoy estoy muy cansado, pensar me agota el cerebro.

Ya te contaré cuando avance mi teoría.

Adiós.

10 de julio

Hola:

Sonia me ha pedido que le contara la historia completa, así que te la cuento a ti también.

Por supuesto, antes de ser tortuga, era un huevo blanco, blanquísimo.

Enterrado en la arena. Allí estaba también mi hermana, claro, dentro de su huevo.

Estaba a mi lado, como siempre, con otros muchos huevos.

Pero mi hermana era especial. Ella vino conmigo todo el camino mientras fuimos tortugas.

No es fácil ser un huevo de tortuga. A todos los bichos les encantan los huevos de tortuga.

Se los comen las gaviotas, los cangrejos, los cormoranes, los gatos... En fin, un desastre.

Por eso, nuestra madre nos dejó bien tapados, por si las moscas.

Pero se fue. Tal cual. Y ahí nos quedamos. Solos, pequeños y blancos. Indefensos.

Una noche de luna llena, eclosionamos y salimos del huevo.

Mañana sigo con la historia, que me duele la mano y tengo sueño.

Adiós.

11 de julio

Hola, Diario:

Sigo con la historia que no acabé ayer.

Si es complicado ser un huevo de tortuga, imagina ser una tortuguita diminuta.

Ni te cuento el miedo que pasamos.

Aunque no nos acordamos, ni mi hermana ni yo, claro.

Pero todavía nos dan miedo la oscuridad, los gritos fuertes y estar solos. Normal.

Antes teníamos terrores nocturnos.

Y a veces nos ahogábamos, como si no pudiéramos respirar.

Ahora creo que era porque fuimos tortugas. Bueno, eso me pasaba a mí antes, ahora ya no me pasa.

Pero es normal, habiendo sido tortugas, porque el mar, cuando está oscuro, es una noche doble o triple.

Y éramos muy pequeños, la verdad, para estar tan solos allí, en medio de la nada.

Tan oscuro todo. Por eso ahora tenemos miedo a veces.

Aun así, nos armamos de valor y salimos moviendo las aletas.

Hicimos mucha fuerza, mucha.

Por fin, después de cansarnos muchísimo, asomamos la cabeza fuera del agujero.

Resulta que el mar estaba LEJÍSIMOS.

Y nosotros éramos muy pequeños. Qué miedo daba aquello, de verdad.

Y quedaba lo peor: llegar al agua guiados por la luna.

Madre mía, qué largo es esto.

Hablando es más rápido, a Sonia se lo conté en un periquete.

Corto y cambio. Adiós.

12 de julio

Hola, Diario:

Voy a seguir, que ayer la historia se quedó en lo más interesante.

Al final Sonia tendrá razón y me gustará esto de escribir las cosas.

Total, que habíamos salido de la arena.

Si me acordase bien, seguro que recordaría que mi hermana soltó algo así como: «Mueve el culete, barrilete».

Y después, seguro que hizo ese baile tonto que siempre hace cuando tengo miedo y que me hace reír.

Me empujó un poco y... ¡hale, a correr hacia el agua!

Ese tiempo, aunque no lo recordamos, fue terrible.

El camino hacia el agua nos agotó. Solo nos guiaba la luz de la luna.

Sabíamos que había muchos peligros. Era difícil llegar.

Pero somos bastante cabezotas, la verdad. Al final lo conseguimos.

De pronto, la arena que empujaban nuestras aletas se humedeció, más y más.

El agua nos cubrió los cuerpecitos diminutos y... ¡tooomaaa! ¡AGUA!

Qué maravilla era nadar con esas aletas, la verdad.

Seguro que mi hermana, al tocar el agua, dijo: «Toma y toma, pastillas de goma», y se puso a bailar otra vez. O algo así. Porque, cuando se pone nerviosa o muy contenta, le salen rimas chorras y baila todo el rato.

Bueno, adiós, que me duele la mano.

12 de julio (otra vez)

Hola, Diario:

Otra vez escribo hoy.

¿Se puede usar el diario dos veces el mismo día o es hacer trampa?

Mi hermana me ha dicho que la historia es muy interesante, que siga y se lo lea.

Sonia no lo sabe, pero nos leemos nuestros diarios. A ella no le gustaría, porque se supone que es para hacer cosas por separado.

A lo mejor se lo tendría que contar. Mejor no, porque a mi hermana y a mí nos gusta hacer todo juntos.

Pero le preguntaré si puedo escribir dos veces en el mismo día.

Bueno, a lo que iba. Nuestra historia.

Al final, después de mucho esfuerzo, acabamos llegando al agua.

Estaba fresquita y oscura. Nos pusimos contentos, pero no mucho.

Tampoco podíamos ponernos a bailar ni pararnos a charlar, la verdad.

Éramos unas tortuguitas diminutas y todo el mundo nos quería comer.

Todo el mundo, en serio. Parece que las tortugas recién nacidas son como los helados.

Todo el mundo quiere zampárselas. Todos querían hincarnos el diente.

Y nosotros allí, en medio de la noche, pequeñitos como tortugas y viendo brillar los ojos de las bestias hambrientas.

Aquello sí que era un cuento de terror. No lo que nos cuenta la teacher Alba para Halloween.

Otra vez a correr. Acabábamos de nacer y la cosa estaba chunga.

Y nosotros tan pequeños e indefensos. Pero somos cabezotas y fuertes, como dice mi abuela.

Aprendimos a nadar y a escondernos de los peligros. Cada vez nos movíamos más rápido.

Y así sobrevivimos.

Eso es, más o menos, lo que nos pasó cuando éramos tortugas.

Madre mía, hoy he escrito un montón. ¡Dos veces!

Adiós, antes de que se me caiga la piel de los dedos de tanto escribir.

13 de julio

Hola, Diario:

Hala, ya estoy aquí otra vez. Madre mía, es fuerte, pero me apetece escribir otra vez.

Mi padre me ha dicho que me va a llevar al médico, que debe de ser una extraña enfermedad.

Es raro, es verdad. ¿Qué me está pasando?

¿Me estaré convirtiendo en un sabihondo que hace los deberes, aunque no se los manden?

¿Estaré enfermo o algo? Igual me dan el premio de los diarios.

Bueno, un premio no creo, porque mi letra solo la entiendo yo. Y mi hermana.

Mira si será raro que escriba que mi madre ha soltado: «¡¿Quién eres tú y qué has hecho con mi hijo?! ¿Te lo has comido? ¿Eres un alienígena?».

Yo hace tiempo pensaba que todos eran alienígenas. Que desaparecían si yo no estaba.

Que mis padres no existían en realidad. Era un agobio. A veces todavía lo pienso, pero menos.

Y hacía experimentos para comprobarlo.

Me quedaba tras las esquinas y me asomaba muy rápido.

Pero nunca los pillamos. Mi hermana también probaba. Y nada.

O los extraterrestres son muy rápidos o mi teoría es falsa.

Seguiremos intentándolo.

Bueno, me he ido por las ramas y no te he contado el final de la historia.

Pero es que nos vamos de excursión.

Adiós.

14 de julio

Hola, Diario:
Sigo con las tortugas. ¿Por dónde iba?
Total, que allí estábamos, pequeñas y en el agua.
Nadamos y crecimos. Sorteamos los peligros.
Sobrevivimos, que no es fácil.
Aprendimos a estar solos en el inmenso mar.
Y, en algún momento, nos convertimos en niños.
No sé cómo. Pero eso es otra historia.
Fin. Adiós.

15 de julio

Hola, Diario:

Me he quedado pensando otra vez en eso de ser tortugas.

La verdad es que estoy investigando. Son flipantes las tortugas marinas.

Hay siete especies de tortugas marinas y ponen hasta 200 huevos de una vez.

En varios nidos, enterrados, para que sea más fácil que sobrevivan.

Antes de poner los huevos, se lo piensan mucho.

Vigilan la playa y salen a revisar todo para asegurarse de que es seguro.

No debe de ser fácil para una madre abandonar a sus hijos en la playa y pirarse, dejarlos solos, a los pobres huevos.

A veces, todo es un desastre y las tortuguitas recién nacidas confunden la luna con las luces de las playas. Se creen que es el agua y se van en dirección contraria. A los edificios.

Menos mal que mi hermana y yo no nos equivocamos.

¿Naceríamos en esta playa de enfrente de casa?

No creo, nunca he visto tortugas por aquí.

A veces los depredadores encuentran los huevos y... ¡ñam!

A veces lo que encuentran los depredadores son tortuguitas y también ¡ñam!

Pero siempre hay algunas tortugas que llegan al mar y sobreviven.

Por eso ponen tantos huevos las tortugas mayores, para asegurarse. Pero ¿200? Madre mía.

Mi preferida es la tortuga boba, es preciosa.

Voy a dibujarla:

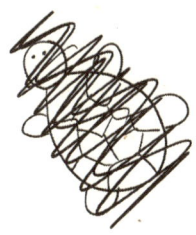

Me ha salido fatal, por eso la he tachado.

Adiós.

16 de julio

Hola, Diario:

Le estoy pillando el rollo a esto de escribir.

La verdad es que las tortugas son flipantes.

¿Sabes que su caparazón está hecho de huesos?

O sea, ¿tienen huesos por dentro y por fuera del cuerpo?

Eso lo tengo que investigar porque no lo sé. Yo creo que sí. Es raro, ¿eh?

Las diferentes especies se reconocen por los huesos y las escamas del caparazón y la cabeza, que tienen distintas formas.

Quiero estudiar Biología Marina. Es lo que me ha dicho mi madre que tengo que estudiar para saberlo todo sobre las tortugas marinas.

Como el dibujo de ayer me salió fatal y me enfadé bastante, mientras aprendo a dibujar tortugas, mi padre me ha ayudado a buscar e imprimir este:

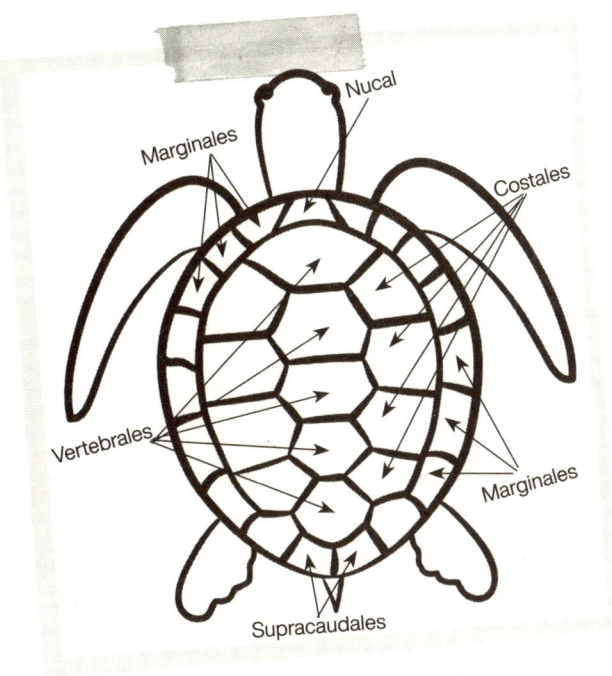

En fin, que ya sé que éramos tortugas.

Y no es tan descabellado, pero hay otro misterio, ¿cómo nos convertimos en personas?

Adiós, que me voy a la playa.

17 de julio

Hola, Diario:

Quedan poquitos días para ir a casa de los abuelos.

Les va a encantar todo lo que sé de las tortugas.

A veces le pregunto a mi madre qué era de mí, antes de llegar a casa.

Me dice que no puede contármelo. No porque no quiera, es que ella no lo sabe.

Me encanta mirar al mar, me ayuda a pensar y relajarme.

Sé que mi madre, la de carne y hueso, no nos dejará en la arena nunca, como hizo la madre tortuga.

Sé todo lo que ha pasado desde que estamos aquí, en casa.

Porque me cuentan TODO, pero TODO.

Mamá y papá responden a todas nuestras preguntas.

Y sabemos lo que hicieron mis padres para traernos a casa, que fueron un montón de cosas y años.

Podrían tener otros hijos. Menos mal que fuimos nosotros, porque no están nada mal.

Pero todo lo de antes, lo que vivimos en mundo tortuga, eso es un misterio.

Cuando éramos pequeños, Lucía, una compañera de curso, dijo en la asamblea de clase que los hijos vienen de la barriga de sus madres.

Yo dije que nosotros vinimos a casa en un coche.

Todos se rieron. Pero después vino mi madre al colegio a explicar que sí, que nosotros llegamos en coche.

Porque somos adoptados. Y que ellos son nuestros padres ahora.

Bueno, que hemos quedado con Ariel y Marcos para ir a buscar cangrejos.

Ya están ahí, adiós.

19 de julio

Hola, Diario:
Ayer tuvimos sorpresón, por eso no escribí nada.
Es que llegó mi tío de visita.
Menuda sorpresa. Mi tío mola mucho.
Estuvimos jugando todo el día con él.
Qué risa.
Hicimos una ciudad medieval en la playa.
No era un castillo, era una pasada.
Con fosas, agua... ¡hasta puentes levadizos le pusimos!

El tío Jon mola, la verdad.
Ayer fue un buen día.
Corto y cambio. Adiós.

20 de julio

Hola, Diario:

¿Por dónde iba?

Como dice nuestra vecina, Lupita, se me va el santo al cielo. Ni idea de qué significa. Se dice cuando se te olvidan las cosas a medias, creo.

Será un muerto, imagino, el santo. Y no sé qué irá a hacer en el cielo.

Lupita hace galletas y bizcochos, los mejores, eso sí lo sé. Porque nos los zampamos en un periquete. Cocina de muerte. Y me está enseñando a cocinar.

¿Te he dicho que me gusta cocinar? No sé si ser biólogo marino o cocinero.

A veces nos quedamos con ella, con Lupita, digo.

Lo que más le gusta es cocinar. Y las novelas de amor. Y las gallinas. Bueno, los animales en general. Mi gallina, Lupita, se llama así por ella.

Una vez, en casa de los abuelos, les hice fotos a todos los animales.

Porque sé que a ella le gustan, para enseñárselas.

Luego fui a su casa y las miramos todas mientras tomábamos un bizcocho.

Entonces le enseñé a mi gallina y le dije: «Mira, esta es mi gallina, ¿a que es bonita?», y ella empezó a reírse sin parar.

Qué risa le dio, madre mía, un ataque de risa. De los suyos.

Porque Lupita, la que no es gallina, se ríe mucho. La otra cacarea. Se parecen mucho, sí. Y dijo: «Peroooooo, si es igualita que yo. Eso no me lo habías dicho, bribón». Me llama bribón, cuando está contenta. Y venga la risa.

También dijo: «¡Tienes que llamarla Lupita! Mírala, con el pelo rojo y despeluchada, es igualita que yo».

Entre carcajada y carcajada casi no la entendía, pero, al mirarlas bien, me di cuenta de que tenía razón.

Sí que tienen un aire. Y me dio la risa a mí también.

Y por eso, mi gallina se llama Lupita. Bueno, se me ha vuelto a ir el santo al cielo.

Corto y cambio, adiós.

21 de julio

Hola, Diario:

Bueno, volviendo a las tortugas.

La cuestión es que un día mis padres vinieron a por nosotros.

Ya no éramos tortugas, éramos unos mellizos de tres años.

Solo recuerdo un viaje en coche y sus sonrisas.

Teníamos miedo y estábamos contentos a la vez.

Antes de eso, no tengo muchos recuerdos.

Sé que nacimos de una madre, pero no sé quién es, no la recuerdo. Seguro que era una tortuga boba. A veces me gustaría saber si de verdad era una tortuga, en serio.

Cuando vinieron mis padres, vivíamos en una casa con otros niños y niñas.

Y nuestros padres nos adoptaron. Querían querernos y cuidarnos.

Eso hacen todo el rato, la verdad. Y mira que a veces son pesados. O mi hermana, uf.

Pero, la verdad, desde que estamos aquí, hace bastante, ya no somos tortugas.

Sabemos que nunca nos dejarán solos en la orilla del mar.

Pero también sabemos que teníamos otra madre,

de la que nacimos, en la arena. Que nos dejó allí enterrados cuando éramos huevos, a lo mejor para protegernos, pero eso no lo sabemos.

Yo creo que fueron ellos, mis padres, los de ahora, los que consiguieron que fuéramos personas.

Porque son un poco pesados: que si cena, que si cómo estás, que si te encuentro raro, que si a ti te ha pasado algo, que si cuéntamelo, que si sabes que te queremos... Claro, eso no hay tortuga que lo aguante. Además, creo que siendo tortugas no podríamos vivir aquí, en casa.

Al escucharlos hablar, dejamos de nadar y volvimos a la orilla. O al saber que querían tenernos. Seguro que fue eso lo que nos convirtió en niños, nos transformamos para no estar más solos. O algo así.

La verdad es que no se está tan mal. Nos encanta charlar con ellos. Jugar al parchís. Dibujar.

Es mejor que ser tortugas. Adiós.

22 de julio

Hola, Diario:

Las tortugas laúd son gigantescas, llegan a pesar 600 kilos.

Me han regalado un libro de tortugas marinas, es flipante.

Como vivimos en el mar, todos los días miro al agua y las saludo. Aquí nunca hemos tenido tortugas. Mi tío me ha dicho que iremos a un centro de interpretación en busca de tortugas.

Me ha prometido que me llevará a ver tortugas, pero en la naturaleza.

«Las peceras y las jaulas no son buenas para vivir», eso dice.

Y es de fiar mi tío.

Las tortugas marinas tienen pico. Un pico fuerte para cortar las algas y comer.

Pero no tienen dientes. Bueno, tienen un diente. Nacen con un diente, pero se les cae en cuanto salen del huevo.

Al revés que los humanos, que nacemos sin dientes y luego nos salen.

Se llama «diente de huevo».

Nosotros tenemos «dientes de leche». A mí se me mueven dos.

Casi se podría hacer un bizcocho de dientes con la receta de Lupita. Unos poquitos dientes de leche, otros de huevo y... solo nos faltarían los «dientes de harina» y los de «azúcar».

Bueno, que me voy por las ramas.

Adiós.

23 de julio

Hola, Diario:

Como te decía ayer: la cuestión es que las tortugas nacen con un diente, solo uno.

Sirve para romper el cascarón del huevo, que es muy duro.

Luego se quedan varios días en la arena y después ya se van al agua.

Algunas tortugas solo pueden poner huevos en la playa en la que nacieron.

Siempre, toda su vida, que es muy larga, en la misma playa.

Viven hasta 50 años. Qué vejestorios. Las de tierra viven hasta 200 años, eso sí que es flipante.

Y yo me pregunto...

¿Qué pasa si de pronto la playa está llena de gente?

Nuestra playa en verano se llena hasta los topes. Te digo yo que una tortuga no cabe ahí.

Llega la tortuga a su playa, como siempre, a poner los huevos, y, de repente, está llena de sombrillas y gente tumbada como sardinas en lata.

¿Qué hace? ¿No pone huevos? ¿Se los aguanta? Encima de que es su playa... Menuda faena.

Eso no lo dice el libro, tengo que investigar más.

Porque no hay que aguantarse las cosas, que luego duele la tripa.

Sonia dice que con lo que sentimos pasa igual: «si nos lo aguantamos, también nos duele», dice.

¿Cuántas tripas tenemos? ¿Tenemos una tripa en el alma? Yo creo que sí y a veces me duele la tripa del alma. Me siento como una tortuga que llega y está todo lleno y no puede acercarse a su playa. Como si tuviera que verlo todo desde lejos. Creo que tengo un virus en la tripa del alma y me da retortijones, por eso a veces no puedo respirar. ¿Habrá manzanilla para la tripa del alma? Cuando me duele la tripa, mi madre me da manzanilla. O mejor todavía, me pone la mano sobre la barriga y se me cura, parece magia. ¿Cómo se pone la mano sobre la tripa del alma? ¿Lo sabrá Sonia?

Demasiadas preguntas, no voy a poder dormir.

Adiós.

24 de julio

Hola, Diario:

Las tortugas son raras: tienen los huesos por fuera y un diente que se les cae nada más nacer.

«La vida es rara», eso dice siempre mi madre.

A veces tengo pesadillas, siempre es la misma. Que estoy en un sitio oscuro y no puedo respirar. O que alguien me persigue.

También tengo terrores nocturnos, dicen. Bueno, tenía, hace tiempo que no me pasa. Aunque yo no me entero casi nunca, pero parece que la lío. Me levanto, hago cosas raras y, sobre todo, grito mucho. Luego no me acuerdo de los sueños. Pero siempre son malos.

Me pregunto muchas veces cómo sería mi otra madre.

Mi hermana no tanto, le da igual, dice.

Me pregunto: ¿será una tortuga de verdad? A lo mejor no.

O tal vez sí, no lo puedo demostrar, ni una cosa ni la otra.

Es como lo de Dios, mi abuela dice que nadie puede demostrarlo, ni que sí ni que no. Pero, si hay tantos dioses en el mundo y tantas religiones, es normal que todo esté hecho un desastre. La cosa debe de ser como un partido de fútbol.

En fin, que me voy por las ramas otra vez.

¿Nos dejó en la arena porque la obligaron? ¿Dónde estará ahora? ¿Por qué no nos quería?

Mi padre me ha dicho que no, que no es una tortuga, que es una mujer.

Y que cuando sea mayor, si quiero, podré ir a buscarla.

Y mi hermana ha gritado: «¡Que venga ella a buscarme a mí! ¡Yo no pienso ir! Su obligación era cuidarnos».

Y mi madre ha contestado... A ver si me acuerdo, que es muy difícil, como un trabalenguas mental:

«No hay que confundir los derechos con los deseos, ni los deseos con las obligaciones, ni las obligaciones con las responsabilidades».

Vete a saber qué quiere decir. Yo no lo entiendo.

¿Tú lo entiendes, Diario?

Ahí hemos zanjado el tema porque a mi hermana y a mí nos salía humo por las orejas.

Bueno, adiós.

25 de julio

Hola, Diario:

Creo que mi hermana tiene razón.

Además, dejar ahí a los huevos, que luego serán tortuguitas indefensas...

No sé si me parece muy bien, todavía lo estoy pensando. Creo que no.

Aunque mi padre dice que lo hacen porque saben que así será mejor para ellas, que tendrán más oportunidades. Igual mi madre pensó lo mismo, vete a saber. Nos podría haber dejado una carta o algo.

Yo no lo tengo muy claro, la verdad, porque no me acuerdo de nada de cuando fui tortuga.

Anoche me desperté con una pesadilla. A veces me pasa. Como a todo el mundo, ¿no?

Siempre sueño que está oscuro o que estoy en el agua, en medio del mar, de noche, y no hay nadie. Y está oscuro y no puedo respirar.

Es muy desagradable y me da muchísimo miedo.

Serán sueños de tortuga.

Pero cuando abro los ojos, está mi madre o mi padre, y me abrazan fuerte.

Nos dejan meternos en su cama.

No cabemos bien, estamos un poco apretujados, pero estamos seguros.

Así se nos pasa el miedo por las noches.
Bueno, chao.
Adiós.

26 de julio

Hola, Diario:
Mañana nos vamos a casa de los abuelos.
Estaremos allí un mes entero, qué maravilla.
Nuestros padres vendrán y luego se irán y nos quedaremos unos cuantos días sin ellos.
Ya te iré contando, porque nos esperan muchas aventuras.
Adiós.

AGOSTO

30 de agosto

Hola, Diario:

Hace mucho que no te escribo.

Es que se me olvidó llevarte a casa de los abuelos.

Una pena, porque te habría encantado, aunque no habría tenido tiempo de escribirte.

Porque... ¡me lo estaba pasando BOMBA!

Lupita está mayor y cada vez pone menos huevos, pero sigue siendo la mejor gallina del mundo.

A veces pienso si la reconozco. Si de verdad es Lupita o cualquier otra de las gallinas rubias que vienen a verme cuando me acerco.

Hasta que viene mi abuela y me dice: «Es esa, mírala, Lupita, ¿no le ves la carita? ¡Si es la más chata y las más guapa!».

Y yo le digo que sí, claro. Porque... ¿qué clase de amigo sería si no reconociera a mi gallina?

Y me toca disimular. Son bastante parecidas todas las gallinas, la verdad.

Bueno, voy a hacer un resumen de todo lo que hemos hecho:

Hemos ido de excursión.

Hemos cuidado de la huerta.

Hemos recogido higos, moras, ciruelas, melones y limones.

Nos hemos pinchado.

Les hemos dado de comer a los animales.

A mi hermana le picó una avispa y tuvimos que ir corriendo al médico porque tiene alergia.

Han venido los tíos y los primos.

Hemos explorado unas cuevas con el tío.

Hemos jugado con los niños y las niñas del pueblo.

Hemos comido cosas ricas que hace la abuela.

Ah, hemos subido al tractor del abuelo, que mola mucho.

Nos hemos bañado en las pozas, en el río, en la piscina y hasta en los charcos.
Hemos visto la lluvia de estrellas fugaces, las perseidas se llaman. Estuvimos en el prado, mientras la abuela nos contaba cuentos e historias de cuando era pequeña.
En fin, como siempre, nos lo hemos pasado bomba.
Ya estoy deseando volver.
Adiós.

SEPTIEMBRE

1 de septiembre

Hola, Diario:

Ya es septiembre. Este mes se acaban las vacaciones y volvemos al cole.

También es el mes de mi cumpleaños.

Es un mes raro. A ratos tengo ganas de volver al cole y a ratos no.

Hemos vuelto a ver a Sonia, estaba guapa.

Se me ha caído un diente, se nos cayó a mi hermana y a mí casi a la vez, el mismo día.

Comiendo un bocata.

«Cosas de hermanos», dice mi padre.

En casa no entra el Ratoncito Pérez, porque mi hermana tiene alergia al pelo de algunos animales. Así que tenemos que dejar los dientes en el balcón, con una carta.

Me ha traído otro libro de tortugas marinas. Este también es una pasada.

Mi padre dice que soy experto en tortugas.

La verdad es que sé un montón de tortugas.

Dentro de siete días comenzamos la escuela.

Adiós.

8 de septiembre

Hola, Diario:

Hoy hemos empezado el cole. Ya estamos en cuarto.

Ha molado vernos otra vez.

El recreo ha sido épico.

Hemos jugado al pañuelo.

En el patio solo se juega al fútbol un día a la semana.

Para que el fútbol no sea lo único y para que podamos jugar todos.

Yo lo prefiero, porque no me gusta el fútbol.

Mi hermana juega al fútbol genial y, como es tan rápida, todos la quieren en su equipo. A mí no.

Yo prefiero dibujar, hasta me gusta más escribir o jugar a las cabañas.

Cada día de la semana, tenemos juegos diferentes: pillapilla, las cabañas, el bibliopatio, donde podemos leer, o recomendar libros o recitar poemas a todos, o cantar...

Después del cole, hemos ido a jugar toda la pandilla al parque.

Estoy cansadísimo.

Adiós.

18 de septiembre

Hola, Diario:

Uf. El cole es agotador.

Lo siento, Diario, que no te hago caso.

La verdad es que me había acostumbrado a escribirte.

Sonia tenía razón: me gusta escribirte.

Lo que pasa es que llego cansado o tengo cosas que hacer del cole o tenemos algún cumple... Siempre pasa algo.

He decidido escribirte una vez a la semana por lo menos.

Esta semana ha llegado una niña nueva, no habla nuestro idioma.

Se llama Fátima.

Tiene cara de susto.

Como una tortuguita asustada en medio del mar.

Abre los ojos y estira el cuello, pero no dice nada, solo tiene cara de susto.

El tonto de Guille se ha estado burlando de ella.

Menos mal que no nos entiende.

Mi hermana y yo la hemos defendido y le hemos ayudado con las cosas normales.

Porque no sabía nada del cole, ni dónde están los baños, ni el patio, ni jugar a nada...

Al final nos ha sonreído.
Creo que tenemos una nueva amiga.
Es muy tarde y mi padre me dice que apague la luz.
Adiós.

24 de septiembre

Hola, Diario:

Mañana es nuestro cumpleaños.

Hemos invitado a Fátima como hemos podido, así que no sabemos si podrá venir.

La profe nos ha dicho que hablásemos con un compañero mayor, de sexto, que también habla su idioma.

Ha sido buena idea porque a Fátima se le ha iluminado la cara con una sonrisa.

Creo que es la primera ver que la veo tan feliz.

Mi hermana y ella se están haciendo muy amigas. Bueno, y yo también.

A veces no me gusta que mi hermana prefiera estar con ella, pero casi siempre no me importa.

A Guille no lo hemos invitado a nuestro cumple y se ha enfadado.

Me da igual, porque es tonto.

Adiós, que es muy tarde.

25 de septiembre

Hola, Diario:
Resulta que sí que ha venido Fátima.
Lo hemos pasado genial.
Ha sido una buena fiesta. Mi madre es buena organizando fiestas.
Nos puso dos condiciones:
-Nada de pantallas.
-Al aire libre, que hace buen tiempo todavía.
Eso nos dijo.
Y preparó una buena merendola y un montón de juegos de «Maricastaña», como ella dice.

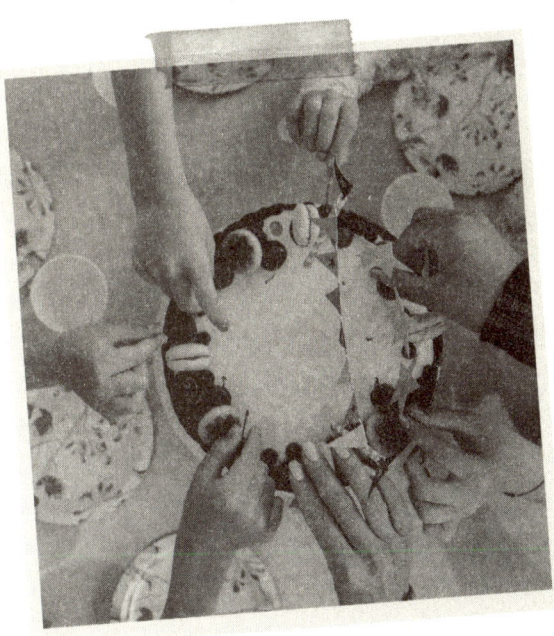

Son los juegos que jugaba cuando era pequeña. Hemos jugado al castillo, al piesquietos... y, mis favoritos, que han sido el pollito inglés y la estatua, porque nos hemos reído un montón.

Ah, y saltar a la cuerda también ha molado cuando le hemos pillado el truco.

Son todos juegos de hace siglos, porque mi madre tiene 42 años.

Puf. No debía de haber ni electricidad en aquella época.

Bueno, que nos lo hemos pasado genial.

Sabían divertirse en la prehistoria.

Nosotros ya tenemos diez años.

Buenas noches, Diario, adiós.

OCTUBRE

No sé qué de octubre

Hola, Diario:
Hoy no me acuerdo qué día es.
Pero eso a Guille le da igual, porque él es tonto todos los días del año.
Hoy se ha peleado con mi hermana. Yo no estaba, qué rabia.
Pero mi hermana le ha dado una buena tunda. Además de correr, la tía es fuerte.
Me ha pedido que no se lo diga a nuestros padres ni a Sonia.
A ti te lo puedo contar, porque eres mi secreto.
Se ha peleado con Guille porque le ha dicho que somos adoptados y nadie nos quería.
Que somos tan apestosos que nuestra madre nos abandonó.
Y que por eso nos habíamos hecho amigos de la rarita, porque también es una apestosa.
La rarita es Fátima, claro.
Y también se ha burlado de ella y se ha puesto a imitar cómo habla.
Marcos, Alba y Ariel nos han defendido, menos mal.
Ellos siempre son buena gente.

Pero resulta que el tonto de Guille ahora tiene un nuevo aliado: Óscar.

Yo creo que está rabioso porque no vino a nuestro cumple y todos se acuerdan del fiestón.

Pero se ha hecho su amigo porque es tonto, sobre todo por eso.

Estoy furioso.

Óscar ya no me cae bien.

Le he prometido a mi hermana que no iba a pelearme con ellos.

Ahora me va a costar.

Adiós.

NOVIEMBRE

20 de noviembre

Hola, Diario:

Hace tiempo que no escribo porque la cosa se ha puesto fea en el cole.

Hace días que Ana (Ana es mi hermana, que no sé si te lo había dicho) no quiere ir a la escuela.

El imbécil de Guille no para de meterse con ella y con Fátima.

Al final, nos hemos peleado (mi hermana y yo) con ellos (con Óscar y con él).

A Guille se le ha roto la nariz, pero eso no fuimos nosotros, es que se cayó. Aunque yo me alegro. Nos han dicho que a lo mejor nos expulsan.

Sonia dice que va a hablar con la escuela, porque eso que hacen no es justo.

Son unos abusones.

Y siempre se están burlando de nosotros tres.

Menos mal que el resto de amigos nos defienden a veces.

No sé por qué la han tomado con nosotros.

Mi hermana y yo lo llevamos mejor porque estamos juntos.

Y, claro, estoy seguro de que haber sido tortugas en un mar lleno de peligros nos ha enseñado mucho.

Y tenemos a Sonia.

Sonia y nuestros padres nos dicen que hablemos con los maestros.

Pero no nos hacen mucho caso.

O más bien es Guille el que no les hace ni caso.

Siempre está molestando en clase, se pasa más tiempo en el pasillo que dentro.

Y Fátima sí que lo lleva fatal.

Tampoco quiere ir a la escuela.

Siempre está llorando.

Bueno, adiós.

24 de noviembre

Hola, Diario:

Parece que Sonia y mis padres han hablado con el cole.

Los tontos están más tranquilos.

A ver cuánto dura la cosa.

Ya no se meten con nosotros y nuestra maestra nos ha dicho que tenemos que hablar con ella siempre.

Lo malo es que el cole se acaba y los tontos están en el pueblo.

Pero bueno, algo es algo.

Adiós.

DICIEMBRE

21 de diciembre

Hola, Diario:

¡VACACIONES!

Por fin. Se ha hecho largo el cole.

Ya sé que no escribo mucho, pero es que no me da tiempo.

Ahora mi hermana tampoco quiere ir al cole, yo le digo: «Ana, tenemos que ir, que Fátima se quedará sola».

Así la convenzo.

A mí tampoco me apetece mucho, pero Fátima lo pasaría fatal.

Le hemos enseñado a hablar nuestro idioma y ella nos ha enseñado a escribir nuestros nombres en árabe. El mío es superdifícil, pero el de Ana no tanto:

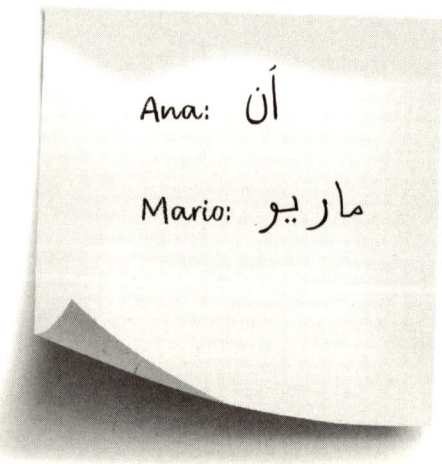

Me sale un poco raro, pero mola.

Bueno, las vacaciones siempre alegran las cosas.

No tendremos que soportar a Guille y a Óscar, eso ya es estupendo.

Veremos a los abuelos, a los primos, a toda la familia. Y algún regalito caerá.

Seguro que lo pasamos genial.

Adiós.

ENERO

30 de enero

Hola, Diario:

Las vacaciones fueron genial. Hace tiempo que no te digo nada. Lo siento.

En mi defensa diré que cuarto de primaria es muy complicado.

Hay demasiadas cosas que hacer.

Guille y Óscar están menos pesados o menos tontos, algo es algo.

Y la buena noticia: tengo que hacer un trabajo de Ciencias, sobre algo de la naturaleza.

Lo mejor es que es libre, puedo elegir tema.

Y puedo hacer un mural.

¿Te había contado que me he apuntado a clases de Dibujo para aprender a dibujar tortugas?

Me salían fatal y ahora me salen un poquito mejor.

Luis, el profe de Dibujo, es guay. Sabe mucho de bichos.

Es algo así como una lagartija. O sea, si una lagartija se convirtiese en humano, sería Luis.

Es flaco. Rápido. Mira todo con los ojos bien abiertos. Y se escabulle a toda velocidad.

A veces es tan rápido que asusta.

Lo ves en clase, allá, en la otra punta y tú sigues a lo tuyo.

Pero, en menos de un milisegundo, oyes su voz en tu cocorota.

El otro día me dio un susto tan gordo que di un salto. Sin querer, hice un borrón en el ojo de la tortuga.

Me ha dicho que, cuando vuelva el buen tiempo, iremos a dibujar animales al campo o a la playa.

Ahora hace frío.

Bueno, que me voy por las ramas.

¿De qué voy a hacer mi trabajo, eh? ¿Lo adivinas?

Claaarooo... ¡¡¡TORTUGAS MARINAS!!!

Estoy feliz y tengo dos meses para prepararlo.

Bueno, adiós, que voy a investigar.

FEBRERO

15 de febrero

Diario, estoy triste y enfadado.

Sonia me ha dicho que te escriba, que tal vez me encuentre mejor.

La verdad es que todo es una mierda.

La semana pasada nos llamó la abuela. Lupita, mi gallina, se ha muerto.

Fuimos a hacerle un entierro y lloré mucho.

Al llegar a casa, la cosa fue peor. Porque Lupita, la vecina, también se ha muerto.

¿Eso pasa? ¿Eso es vivir? No tiene sentido.

Las vecinas le dijeron a mi madre que, claro, que ella, desde que se murió su marido, no había estado bien. Que el pobre, el marido, dejó de sufrir cuando se murió.

¿Cuánto se puede sufrir para que morirse sea dejar de sufrir? ¿Se deja de sufrir cuando te mueres?

En fin, no le encuentro sentido y vuelvo a tener pesadillas y, a veces, no puedo respirar.

Me faltó el aire de repente, me acosté y me di cuenta de algo: ya no tengo ninguna Lupita despeluchada. Ni mi gallina ni mi amiga la vecina.

Estoy enfadado con ella, porque me había prometido que me iba a enseñar a hacer galletas de coco. Encima se ha ido sin despedirse, eso no se hace con los amigos.

Eso es de mala educación.

Las odio. A las gallinas y a las vecinas que hacen bizcochos y un día se mueren sin avisar.

Adiós, que no veo nada.

No, no estoy llorando otra vez.

Bueno sí, qué más da.

¿Y a ti qué te importa?

Solo eres un diario absurdo que no sirves para nada.

Adiós.

16 de febrero

Hola, Diario:

Ayer no fui justo contigo. No es culpa tuya que la vida sea así.

Estoy un poco harto de todo. Y me enfada bastante.

Guille y Óscar vuelven a las andadas.

Hemos vuelto a hablar con la profe, con Sonia, con mis padres...

Pero siguen igual de imbéciles y la tienen tomada con Fátima.

Y con nosotros.

Y mi trabajo de las tortugas me está deprimiendo bastante.

Resulta que casi seis de las siete especies de tortugas marinas están en peligro de extinción.

Es fuerte, porque llevan 110 millones de años viviendo aquí, en la Tierra.

Y mira, nos las vamos a cargar.

Resulta que no hay playas tranquilas para anidar.

Que las pescan sin querer. Que el agua está contaminada y tiene plásticos y venenos.

O que la arena está demasiado caliente, por eso, una tortuga (entre mil) que llega a ser adulta siempre es hembra. Porque resulta que la temperatura es la que hace que nazcan hembras o machos.

Ahora, de cada 116 hembras nace un macho, porque parece que tenemos arena al grill por el calentamiento global ese.

Culpa nuestra también.

Ya ves, 600 kilos que pueden pesar, y tan vulnerables que son.

Los humanos no respetamos nada. A veces me gustaría volver a ser tortuga.

A lo mejor mis padres me adoptaron por eso, para salvar a las tortugas.

Sonia dice que estoy teniendo unas semanas muy duras y todo lo que siento es normal.

Pero yo estoy furioso y enfadado y triste. Todo a la vez.

Hoy me he portado mal con mis padres al volver del cole.

Estaba furioso y he roto un jarrón adrede. He gritado mucho y he tirado todo al suelo.

Ellos no tenían culpa de nada.

Ni siquiera se han enfadado.

Seguro que dejan de quererme.

Me da miedo convertirme en Guille y ser igual de imbécil que él.

Adiós.

20 de febrero

Hola, Diario:

Uf, he leído lo que puse el otro día.

Fue un día malo.

Hoy no, hoy ha sido bueno.

A la profe le ha gustado mucho mi trabajo de las tortugas.

Tanto que me ha dicho que me lo prepare mejor para ir a exponerlo en las clases de toda primaria.

Que es muy importante que cuidemos de ellas, de las tortugas, y que sé mucho.

Luego me han hecho preguntas sobre las tortugas y he sabido contestar todas.

Marcos y Ariel también han flipado.

Aunque su trabajo sobre los volcanes también ha molado mucho.

Ah, y otra cosa, resulta que mi tío Jon y el Lagartija (el profe de Dibujo) se han hecho amigos.

Jon se ha venido a vivir al pueblo hace unos meses, antes de fin de año.

Con todo el lío de Guille, no te lo conté.

Pero le ha salido trabajo aquí.

Eso fue guay, porque ahora pasamos ratos con él.

Total, que Jon y el profe de Dibujo se molan.

Parece que son novios o algo, porque se miran así.

Sí, así.

Bueno, ya sabes cómo te digo.

Y escuché a mi tío hablando con mi madre.

O sea, su hermana. O sea, Jon es mi tío por eso, porque mi madre y él son hermanos.

Y se cuentan cosas. Siempre están hablando, son mejores amigos.

Como mi hermana y yo. Aunque ellos no son mellizos.

Esta semana no ha estado mal.

Adiós.

22 de febrero

Hola, Diario:

Retiro lo de la buena semana. Era mentira.

Ariel y Marcos se han enfadado. Y el tonto de Guille se ha inventado una canción para burlarse de nosotros.

Sonia me dice que «denuncie» porque es injusto. Mis padres también.

Van a volver a hablar con la profe.

Pero es imposible.

Menos mal que no toda la clase está de su parte y que solo son dos tontos.

Mi padre dice que tal vez no se siente querido y necesita empequeñecer a otros para no sentirse tan pequeño.

Mi madre se ha enfadado muchísimo cuando le hemos repetido las rimas de la canción:

> Mario es apestoso
> toda la semana,
> Fátima también
> apesta igual que Ana.
> Y nadie los quiere
> eso no me extraña,
> los abandonaron
> porque huelen como ranas.

¿Son imbéciles o no?
Adiós.

MARZO

1 de marzo

Hola:

Va y resulta que esto del diario no sirve para nada. Lo siento, Diario, pero alguien tenía que decírtelo.

Volvemos a tener terrores nocturnos, es una cosa fea fea, porque, aunque no nos acordamos, nos deja hechos polvo.

Además, mi hermana y yo queremos dormir en la misma habitación. Mi tío Jon dice: «Eso es ahora, ya se os pasará».

La cuestión es que dormir en la misma habitación no ayuda, es un problemón, porque nos despertamos cada vez que uno tiene terrores.

Por eso empezamos a ver a Sonia y ya hacía mucho que no teníamos, pero parece que la cosa ha vuelto con fuerza.

Hemos aprendido que no nos tenemos que despertar cuando nos pasa.

Por ejemplo, si le pasa a Ana, voy corriendo a avisar a mis padres, porque una vez casi se cae por el balcón.

Y, aunque grite o llore o patalee, si no se va a hacer daño, no la tengo que despertar, eso ya lo sabemos.

A mí también me ha pasado muchas veces.

Un día comencé a darle puñetazos a una pared y me rompí los nudillos.

Eso fue al poco de llegar a casa.

Tenemos terrores nocturnos que nos hacen levantarnos de la cama y hacer cosas raras.

A veces son cosas peligrosas.

Pero ya hacía tiempo que no los teníamos.

Parece que lo que está pasando en el cole ha sido la causa, eso dice Sonia.

Dirás que la causa es el tonto de Guille, eso digo yo.

El problema es que mi hermana se asusta mucho cuando me ve así y luego le da miedo dormir.

Por si le pasa otra vez, dice.

En fin, todo se complica.

Ahora vamos a ver a Sonia dos veces por semana.

Nos está enseñando a relajarnos.

Ser una tortuga tiene secuelas, no es nada fácil.

Y ahora que conozco tan bien su vida, lo tengo más claro todavía.

En fin, que no me sirves para nada, parece ser.

Pero yo te tengo cariño, Diario, por eso voy a seguir escribiendo.

Adiós.

2 de marzo

Hola, Diario:

Nada. La cosa va de mal en peor.

Es que hay piojos en la clase y es lo que faltaba.

Ni mi hermana ni Fátima ni yo tenemos piojos.

Pero eso da igual, porque la han tomado con nosotros.

Guille y Óscar vienen a por nosotros, eso ya lo sabíamos, pero esto ya es muy fuerte.

Adiós.

5 de marzo

Hola, Diario:

Hoy me he vengado y está mal que lo diga, pero me ha sentado genial.

Resulta que Óscar y Guille engañaron a toda la clase. Dijeron que no tenían piojos, pero sí los tienen.

Ayer los vimos con sus madres en la farmacia comprando cosas de piojos.

Y nuestro padre habló con ellas. No pudieron negarlo porque llevaban el matapiojos en la mano, los pillamos con las manos en la masa.

Hoy toda la clase se ha enterado.

Nos han hecho la vida imposible esta semana, sin parar, y eso que nosotros no tenemos.

Y resulta que los han traído ellos. Además, se han saltado la norma: con piojos no hay cole.

Media clase tiene piojos por su culpa.

Y no pasaría nada si no fueran así de imbéciles. Todos podemos tener piojos alguna vez.

La cabeza se lava, se pone la cosa esa, se pasa el peine especial y adiós.

Pero ellos tienen piojos en el alma y esos no hay manera de matarlos.

Tienen el corazón lleno de piojos. Envenenan lo que tocan. Muerden, infectan y dan asco.

Guille y sus secuaces son piojosos de alma.

Hemos ido a ver a Fátima después del cole porque hoy no ha venido.

Dice que no se encontraba bien, pero nosotros sabemos que no aguanta más.

Nos ha dicho que se van del pueblo.

A lo mejor a ellos tampoco los tratan bien. Seguro que hay imbéciles como Guille mayores.

Yo también me iría. A veces los piojosos de alma ganan.

Qué asco.

Adiós.

15 de marzo

Buenas noticias, Diario, Fátima no se va todavía.
Se quedan hasta terminar el curso.
Lo que no sabemos es si vendrá el curso que viene. En fin.
Desde los piojos, la batalla se ha recrudecido.
Esto es peor que el mar abierto para las crías de tortuga.
Hoy he descubierto algo. Guille, además de tener el alma llena de piojos, esconde otro secreto: es una serpiente.
Lo he visto serpenteando por el pasillo.
Llevaba una sudadera a rayas blancas y negras. Anchas.
Al verlo, enseguida me he dado cuenta.
Yo soy una tortuga y él es un búngaro rayado.
Te lo dibujo:

Dibujo guay, ¿eh?

Las serpientes marinas rayadas son las más venenosas del mundo.

Eso es él. Una serpiente venenosa que se comería los huevos de las tortugas, fijo.

Adiós.

ABRIL

20 de abril

Hola, Diario:
Estamos de vacaciones.
Qué guay.
El Lagartija ha cumplido su palabra y hemos ido a buscar bichos para dibujarlos.

Mi tío Jon ha venido con nosotros. Definitivamente, están saliendo o son novios o algo así.

Lo hemos pasado genial.

No hemos tenido terrores ni una sola vez en todas las vacaciones.

Las vacaciones son geniales porque no tenemos que aguantar al imbécil de Guille.

Y cada vez es más difícil, porque tiene más aliados, ya no es solo Óscar.

No queremos ir al cole.

No se acaba nunca. Aunque nos separen de ellos.

Los adultos han hablado mil veces, pero nada.

En cuanto pueden, en cualquier ocasión, ya están otra vez.

Ahora son un grupito de siete, porque Guille los invitó a su cumple y se fueron a la ciudad.

Cine, bolos y batalla de paintball.

Ahora los siete que fueron se han aliado con ellos y no paran de fastidiar.

Los piojos del alma también se contagian, como los del pelo.

En fin.

Adiós.

28 de abril

Hola, Diario:

Sonia me ha pedido que vuelva a escribir todos los días.

A Ana también se lo ha pedido.

No sé si voy a tener ganas, la cosa está cada día más fea.

Mis padres me han dicho que queda poquito curso y que luego decidiremos si cambiamos de escuela.

Nos tendremos que ir a otro pueblo y eso no mola.

Y es injusto, porque se tendría que ir él.

Pero, la verdad, aunque tuviéramos que ir nadando, siempre será mejor si no está Guille.

Dos cursos más con él no los podremos aguantar.

Mis padres ya no saben qué hacer. Han ido mil veces.

La profe dice que está atenta. Pero mi madre dice que no tiene herramientas para gestionar algo así, ¿será verdad?

Ni los adultos saben lo que se hacen, en fin.

Aunque es normal, porque la pandilla de las Serpientes es muy astuta.

Y ella, la profe, no se entera de casi nada.

En fin, adiós.

29 de abril

Hola, Diario:

Mi hermana y yo hemos decidido no decir nada más de lo que pasa en el cole.

No se lo diremos a nuestros padres para que no se agobien. Ni a la profe.

Ni a Sonia.

Vamos a aguantar lo que queda de curso, a ver si podemos.

Adiós.

30 de abril

Hola, Diario:

Sonia es muy lista.

No sé cómo lo hace, pero lo sabe todo.

Mi madre también lo sabe.

Dice mi abuela que es la «intuición».

Yo creo que son brujas.

Aunque si fueran brujas, Guille hace meses que entraría reptando a la escuela.

Como la serpiente que es.

Hoy le ha puesto la zancadilla a Fátima, en Educación Física.

Solo lo he visto yo.

Luego se me ha caído un vaso de agua encima de él. ¿Sin querer?

Esto es la guerra.

Pero, al llegar a ver a Sonia, aunque no pensaba contarle nada, ha sacado su libro de conjuros y en dos minutos estaba contándole todo.

Bueno, no tiene un libro de conjuros, tiene una libreta donde escribe cosas, ¿serán conjuros?

Me he sentido mejor, la verdad, pero es que es una bruja infalible.

Adiós.

MAYO

3 de mayo

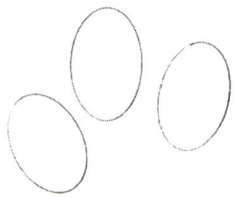

Diario, ¿sabes qué?

Comienza la época de anidación de las tortugas bobas.

Resulta que cada año hay más y más nidos de tortugas bobas.

El año pasado hubo casi veinte. Hace una década solamente había uno cada tres años.

Ahora casi veinte cada año.

Qué pasada, ¿no?

Mis padres me han hecho socio de una asociación para proteger a las tortugas.

Y este verano iremos de voluntarios.

Las tortugas bobas son geniales, me chiflan.

Adiós.

7 de mayo

Hola, Diario:

Resulta que a menos de una hora del pueblo hay un refugio de tortugas marinas.

Porque las tortugas siempre van a las mismas playas y allí van a anidar.

En un trocito de playa que no está urbanizado y, para llegar, hay que caminar un rato.

Este fin de semana vamos a ir a ver qué hay.

Creo que no voy a dormir de la emoción.

Es lo único que me ayuda a estar bien, las tortugas y tú, Diario.

Al final Sonia tenía razón y eres guay.

Adiós.

11 de mayo

Hola, Diario:

Qué fuerte, qué maravilla.

No solo había tortugas.

Nos han enseñado cosas sobre delfines, tiburones, medusas, peces...

Y cómo ayudar a los animales en peligro.

Si algún día ves una tortuga boba en la playa: que ella no te vea.

No le hagas fotos.

Que no le dé la luz.

Vamos, que la dejes tranquila y llamas a Emergencias.

Porque los nidos de tortuga están protegidos.

La gente era muy maja.

Sabían muchísimo de animales marinos, pero mucho mucho.

Y mi madre tenía razón, casi todos eran biólogos marinos.

Me han dicho que yo también sé mucho de tortugas, que soy un experto.

No es por fardar, pero es verdad.

Ah, y tenían un montón de tortugas en recuperación, luego las sueltan en el mar.

He podido verlas y me han dejado tocar algunas.

Ahora me gustan más. Son fascinantes, como seres de otro mundo.

Como si tuvieran 110 millones de años.

Y a la vez son hermosas y un poco desagradables, bonitas y feas a la vez.

Raras.

En fin, que podremos ir cuando las suelten, me lo han prometido mis padres.

Y, además, nos han dejado apadrinar a una tortuga.

Ahora puedo saber dónde está en cada momento.

Porque tiene un GPS y puedo «seguirla» en un mapa en mi ordenador.

Le he podido cambiar el nombre.

Ahora se llama LUPITA. En honor a mi gallina y a mi amiga Lupita.

Ha sido el mejor fin de semana de mi vida.

Y no he pensado en Guille ni un segundo.

Adiós.

28 de mayo

Hola, Diario:

He podido recuperarte, menos mal.

Esas manchas que ves son mis lágrimas.

Ojalá se muera.

Ya te dije que tenía que ir, clase por clase, a contar todo lo que sé de las tortugas.

Ha sido esta semana. Y se me ha ocurrido llevarte.

No sé por qué, pero pensé que era una buena idea.

A ti te he contado todo.

Aquí, en ti, escribí la primera vez mi teoría de las tortugas.

Me ha parecido bien meterte en la mochila.

Ha sido una idea terrible.

En el recreo, al volver a clase, ya no estabas. Te había robado de mi cartera.

Enseguida he sabido que había sido él, Guille, la Serpiente. Pero resulta que se ha ido en el recreo, al médico, qué casualidad.

Por más que he llorado y pataleado no has aparecido.

Han llamado a mis padres y ha venido el tío Jon a por mí porque mis padres estaban fuera.

Yo sabía que lo tenía él. Es que lo sabía.

Pero nada, te he perdido.

Lo peor ha sido pensar que te iban a leer, que nuestros secretos estarían al descubierto.

Me he sentido como si me hubieran quitado una parte de mí.

Una oreja o la nariz.

Como si hubieran descubierto las cosas que nadie podía saber, mis secretos, mi mente... Todo lo que soy a la vista de una serpiente. Lo he odiado a muerte.

Nunca me había sentido así de mal.

Pensaba que no te volvería a ver.

He llorado todo el día. Hasta quedarme afónico.

Mis padres han llamado a la escuela y nada.

No sé cómo lo ha hecho, pero mi tío, que es el mejor, te ha traído hace un rato.

No me ha dicho quién te tenía ni cómo te ha conseguido, pero no hace falta.

Estás manchado, manoseado y me da asco que sus manos te hayan tocado.

Me siento sucio y siento que es culpa mía, porque no te he cuidado bien.

Hoy me he dado cuenta de lo importante que eres para mí, Diario.

Lo siento, lo siento de verdad.

Sonia tenía razón, me importas y me ayudas.

Nunca más volveré a perderte, te lo prometo.

Adiós.

JUNIO

2 de junio

Hola, Diario:
He decidido que me voy de casa.
Nos vamos de casa.
Mi hermana y yo.
La cosa es totalmente insoportable.
Guille sabe todo lo que hay aquí escrito en tus páginas.
Ahora se burlan de nosotros diciendo que somos unos tarados que nos creemos tortugas.
Que mi tío es marica y que somos una familia de tortugas maricas.
Me llama Lupita para burlarse.
Y dice que mi madre me tiró al mar porque era tan feo que no podía soportarme.
Porque las tortugas son feas y apestosas como nuestra familia.
Sé que son tonterías y que lo hace para fastidiarme, pero no puedo soportarlo.
No solo es lo que dice.
Además, siento que me ha quitado algo muy importante.
Algo que no sé qué es.

No queremos hacer sufrir a nuestros padres, así que nos vamos a ir de casa.

Lo tenemos todo planeado.

Adiós.

3 de junio

Hola, Diario:

Me ha dicho Sonia que lo que pasa es que me ha robado la dignidad.

Ha vulnerado mi intimidad al leer mi diario y usa ese poder para dañarme.

Que es normal que me sienta así.

A mí me da igual porque el viernes nos vamos.

Estamos planeando todo.

Nos iremos por la tarde, cuando mis padres crean que vamos a Dibujo.

Estamos robando comida y ya tenemos los sacos de dormir.

Es la única salida, porque esto no se puede soportar.

Y mis padres ya no van a sufrir más por nuestra culpa.

Está todo preparado.

Solo quedan tres días.

Adiós.

4 de junio

Hola, Diario:

Cambio de planes.

Mi hermana es imbécil y se lo ha contado a mis padres.

Eso sí que no me lo esperaba.

Ahora sí que me ha dejado solo, totalmente solo.

Habíamos prometido que nunca nos separaríamos y me ha traicionado.

Me tengo que ir hoy.

No puedo esperar al viernes.

No puedo soportar pensar en todo esto.

Y tendré que ir hacia otro lugar para que no me encuentren.

Hoy dormiré en el acantilado, allí seguro que no me ven.

Tranquilo, me llevo la linterna para poder contarte cosas.

Eres el único en el que puedo confiar.

El único que no me ha abandonado.

Mi hermana, eso sí que no me lo esperaba, me ha dejado solo, me ha traicionado.

Ella me lo había prometido y las promesas se cumplen.

Que siempre estaríamos juntos, que siempre estaría

de mi parte, que siempre nos contaríamos todo, que nunca nos dejaríamos solos.

Ese era nuestro trato.

Me voy antes de que llegue nadie.

Cuando monte la base de operaciones, te seguiré contando.

Adiós.

4 de junio (otra vez)

Bueno, es que ya no sé qué día es, porque se ha hecho de noche. Igual ya es mañana.

Hace fresco, pero tengo mi saco. Me he hecho sangre en las rodillas.

Por eso he decidido bajar a la cala, me ha parecido menos peligroso que el acantilado.

El acantilado me da miedo. Todo me da miedo.

Vivir me da miedo.

Y no paro de llorar.

Se oyen ruidos y la aventura no es tan genial como pensaba.

Sin mi hermana todo es peor. Ella me había prometido que siempre estaríamos juntos.

Ella también me ha abandonado. Todo el mundo me abandona. Como mi madre.

Está muy oscuro, como en mis pesadillas.

Menos mal que está saliendo la luna.

Voy a respirar como me ha enseñado Sonia.

Ya estoy más tranquilo. Creo que no me quedan lágrimas.

La luna ha salido bien gorda y parece una farola.

Ya no tengo tanto miedo.

He tomado una decisión: voy a volver a ser tortuga.

Solamente te tengo a ti, Diario.

Y no eres muy buena compañía, la verdad.

Por eso he decidido que me voy al mar.

Al mar, a ser tortuga o a morirme, lo que pase primero.

Voy a volver a ser tortuga. Las tortugas bobas son más felices.

Tienen el mar para nadar. Eso voy a hacer.

Nadar y vivir sin preocuparme por nada.

Parece que veo algo entre las olas, parece... ¿una tortuga? Sí, sí, parece una tortuga.

¿Será mi madre? Seguro que es ella. Ah, no, no es una tortuga. Es un trozo de madera.

Yo no quiero ser más un niño. No quiero sufrir más. Quiero ser una tortuga.

A ti no puedo llevarte, las tortugas no saben escribir. Te echaré de menos, Diario.

Estoy preparado para volver al mar. Ahora ya no soy una tortuguita indefensa.

En la tierra todo me hace daño. Me voy para siempre.
Nadie me echará de menos.
Todos me abandonan, hasta mi hermana me ha abandonado.
Adiós.

25 de junio

Hola, Diario:

La verdad es que no me habían abandonado, menos mal, porque casi me ahogo.

Llegó mi hermana, mi tío Jon, la Lagartija y mis padres. Y mis abuelos.

Había venido hasta Sonia. Todos me estaban buscando.

Llegó una ambulancia, el médico... Comencé a toser. Me enrollaron en papel de aluminio como si fuera el bocata del almuerzo.

Me metieron en la ambulancia y me llevaron al hospital.

Recuerdo pocas cosas. Casi me ahogo. Estaba inconsciente. Y todo es una nebulosa.

Mi madre lloraba, mi padre también y mi hermana. Y Sonia.

Pero no lloraban de pena, lloraban de alegría, porque me vieron toser.

También me llamó Fátima. Y eso que era tardísimo.

Me dijo que no volviera a asustarla, que éramos amigos y que teníamos que cuidarnos.

Me dijo que se quedaban en el pueblo y que quería contármelo al primero.

Y es que todos estaban buscándome en el pueblo. Parece que la lie gorda.

Entonces supe que no estaría solo, que no habría nadie que pudiera hacerme daño.

Y que Guille y Óscar no podrían conmigo, nunca.

Y así fue, porque cuando volvimos al cole, la cosa había cambiado.

Ahora vemos a Sonia dos veces por semana y ya no me da miedo ir a la escuela, porque todo ha vuelto a ser como antes. No sé cómo ha sido, pero Guille y Óscar ya no nos molestan.

Yo creo que la tortuga me dio un superpoder.

Ya ha terminado el cole y estamos de vacaciones. Eso es genial, estoy deseando volver a casa de los abuelos.

Pero a ver, que me voy por las ramas.

De aquella noche no recuerdo mucho más, todo tiene niebla.

Lo que sí que recuerdo es el antes, antes de todo, cuando entré al mar. Estaba oscuro.

Yo lloraba, quería irme para siempre, ser una tortuga. O morirme. No tener más miedo.

Seguí caminando y, de pronto, dejé de hacer pie.

Las olas me llevaron. No tocaba fondo, había mucha corriente.

Quise respirar, pero no podía. Se me llenó la boca de agua.

Tragué y tragué, pues quería respirar. Tosía, pero nada, no podía respirar.

Cada vez era peor. Buscaba el aire, desesperadamente, pero todo era agua.

Me dolían los pulmones.

Abría la boca como un pez fuera del agua. Me estaba ahogando.

Todo era agua y oscuridad.

Y dejé de tener ganas de luchar.

La corriente me llevaba adentro y abajo.

Todo eran sombras, todo estaba lleno de agua.

Como mi pesadilla.

Y no era una tortuga, seguía siendo un niño.

Un niño que se hundía en el fondo del mar.

Entonces, la vi: sí, era una tortuga, una tortuga boba. Grande y hermosa bañada por los rayos de la luna.

La noté acercarse.

Se puso debajo de mí y subió. Subió. Subió.

Mientras subía, me empujaba. Yo me dejé llevar.

Ella siguió, hasta sacarme del fondo.

Imagino que me empujó hasta la orilla. Porque cerré los ojos. Y ya no recuerdo nada más.

Esa tortuga no era mi madre. Porque mi madre estaba fuera, buscándome.

Tal vez era Lupita, mi tortuga.

Pero ella, la tortuga, me ayudó a salir para que supiera que no estaba solo.

Gracias, tortuga.

Gracias, Diario.

Hasta pronto.

Este libro se terminó de imprimir
en abril de 2025